El Príncipe Feliz y otros cuentos

Oscar Wilde

El Príncipe Feliz
y otros cuentos

Nueva traducción al español
traducido del inglés por Guillermo Tirelli

Rosetta Edu

Título original: *The Happy Prince and Other Tales*

Primera publicación: 1888

Primera edición: Abril 2022

Publicado por Rosetta Edu
Londres, Mayo 2022

ISBN: 978-1-915088-69-7

Rosetta Edu

CLÁSICOS EN ESPAÑOL

Rosetta Edu presenta en esta colección libros clásicos de la literatura universal en nuevas traducciones al español, con un lenguaje actual, comprensible y fiel al original.

Las ediciones consisten en textos íntegros y las traducciones prestan especial atención al vocabulario, dado que es el mismo contenido que ofrecemos en nuestras célebres ediciones bilingües utilizadas por estudiantes avanzados de lengua extranjera o de literatura moderna.

Acompañando la calidad del texto, los libros están impresos sobre papel de calidad, en formato de bolsillo o tapa dura, y con letra legible y de buen tamaño para dar un acceso más amplio a estas obras.

Rosetta Edu
Londres
www.rosettaedu.com

INDICE

A

CARLOS BLACKER

En lo alto de la ciudad, sobre una alta columna, se encontraba la estatua del Príncipe Feliz. Estaba dorado por todas partes con finas hojas de oro fino, por ojos tenía dos zafiros brillantes, y un gran rubí rojo brillaba en la empuñadura de su espada.

Era muy admirado. «Es tan bello como una veleta», comentó uno de los concejales que deseaba ganarse la reputación de tener gustos artísticos; «sólo que no es tan útil», añadió, temiendo que la gente lo considerara poco práctico, cosa que en realidad no era.

«¿Por qué no puedes ser como el Príncipe Feliz?», le preguntó una madre sensata a su hijito que lloraba pidiendo la luna. «El Príncipe Feliz ni siquiera sueña con llorar por nada».

«Me alegro de que haya alguien en el mundo que sea bastante feliz», murmuró un hombre decepcionado mientras contemplaba la maravillosa estatua.

«Parece un ángel», dijeron los Niños de la Caridad al salir de la catedral con sus brillantes capas escarlatas y sus limpios guardapolvos blancos.

«¿Cómo lo saben?», dijo el Maestro de Matemáticas, «si nunca han visto uno».

«¡Ah! pero claro que sí, en nuestros sueños», respondieron los niños; y el Maestro de Matemáticas frunció el ceño y se mostró muy severo, pues no aprobaba que los niños soñaran.

Una noche sobrevoló la ciudad pequeño Golondrina. Sus amigos se habían marchado a Egipto seis semanas antes, pero él se había quedado, pues estaba enamorado de la más bella Carrizo. La había conocido a principios de la primavera, mientras volaba por el río tras una gran polilla amarilla, y se había sentido tan atraído por su esbelta cintura que se había detenido a hablar con ella.

« ¿Puedo amarte?», dijo Golondrina, a quién le gustaba ir al grano de inmediato, y Carrizo le hizo una pequeña reverencia. Entonces él voló alrededor de ella, tocando el agua con sus alas, y haciendo ondas de plata. Este fue su cortejo, que duró todo el verano.

«Es una relación ridícula», decían las otras Golondrinas; «no tiene dinero y tiene demasiados parientes»; y, en efecto, el río estaba lleno de Carrizos. Luego, cuando llegó el otoño, todas las Golondrinas se fueron volando.

Cuando se marcharon, él se sintió solo y empezó a cansarse de su amada. «No tiene conversación», dijo, «y me temo que es una coqueta, porque siempre está flirteando con el viento». Y ciertamente, siempre que el viento soplaba, Carrizo hacía las más graciosas reverencias. «Admito que es doméstica», continuó, «pero a mí me encanta viajar, y a mi esposa, en consecuencia, también debería gustarle viajar».

«¿Quieres venir conmigo?», le dijo finalmente; pero Carrizo negó con la cabeza, tan apegada estaba a su hogar.

«Has estado jugando conmigo», gritó él. «Me voy a las Pirámides. ¡Adiós!», y se fue volando.

Durante todo el día voló, y por la noche llegó a la ciudad. «¿Dónde me alojaré?», dijo; «espero que la ciudad haya hecho los preparativos».

Entonces vio la estatua sobre la alta columna.

«Me alojaré allí», gritó; «es una buena posición, con mucho aire fresco». Así que se posó justo entre los pies del Príncipe Feliz.

«Tengo un dormitorio dorado», se dijo en voz baja mientras miraba a su alrededor, y se preparó para dormir; pero justo cuando metía la cabeza bajo el ala le cayó una gran gota de agua. «¡Qué cosa tan curiosa!», exclamó; «no hay ni una sola nube en el cielo, las estrellas se ven bien claras y brillantes, y sin embargo está lloviendo. El clima en el norte de Europa es realmente espantoso. A Carrizo le gustaba la lluvia, pero eso era sólo su egoísmo».

Entonces cayó otra gota.

«¿Para qué sirve una estatua si no puede proteger contra la lluvia?», dijo; «tengo que buscar un buen copete de chimenea», y decidió que se iría volando.

Pero antes de que abriera las alas, cayó una tercera gota, levantó la vista y vio... ¡Ah! ¿Qué fue lo que vio?

Los ojos del Príncipe Feliz estaban llenos de lágrimas, y las lágrimas corrían por sus mejillas doradas. Su rostro era tan bello a la luz de la luna, que pequeño Golondrina se llenó de compasión.

«¿Quién eres tú?», dijo.

«Soy el Príncipe Feliz».

«¿Por qué lloras entonces?», preguntó Golondrina; «me has empapado».

«Cuando estaba vivo y tenía un corazón humano», respondió la estatua, «no sabía lo que eran las lágrimas, pues vivía en el Palacio de Sans-Souci, donde no se permite la entrada del dolor. Durante el día jugaba con mis compañeros en el jardín, y por la noche dirigía la danza en el Gran Salón. Alrededor del jardín había un muro muy alto, pero nunca me preocupé de preguntar qué había más allá, todo lo que me rodeaba era tan hermoso. Mis cortesanos me llamaban el Príncipe Feliz, y feliz era, si el placer es la felicidad. Así viví y así morí. Y ahora que he muerto me han colocado aquí tan alto que puedo ver toda la fealdad y toda la miseria de mi ciudad, y aunque mi corazón es de plomo no puedo sino llorar».

«¿Qué? ¿No es de oro macizo?», se dijo Golondrina. Era demasiado educado como para hacer comentarios personales en voz alta.

«Muy lejos», continuó la estatua con una voz musical grave, «muy lejos, en una pequeña calle, hay una casa pobre. Una de las ventanas está abierta, y a través de ella puedo ver a una mujer sentada a la mesa. Su rostro está delgado y desgastado, y tiene las manos ásperas y rojas, pinchadas por la aguja, pues es costurera. Está bordando flores de la pasión en un vestido de satén para que la más bella de las damas de honor de la Reina lo vista en el próximo baile de la Corte. En una cama en la esquina de la habitación, su hijo pequeño está enfermo. Tiene fiebre y pide naranjas. Su madre sólo tiene agua del río para darle, así que llora. Golondrina, Golondrina, pequeño Golondrina, ¿no le llevarás el rubí de la empuñadura de mi espada? Mis pies están sujetos a este pedestal y no puedo moverme».

«Me esperan en Egipto», dijo Golondrina. «Mis amigos están volando Nilo arriba y Nilo abajo, y hablando con las grandes flores de loto. Pronto se irán a dormir a la tumba del gran Rey. El Rey está allí en su ataúd pintado. Está envuelto en lino amarillo y embalsamado con especias. Alrededor de su cuello hay una cadena de jade verde pálido, y sus manos son como hojas marchitas».

«Golondrina, Golondrina, pequeño Golondrina», dijo el Príncipe, «¿no te quedarás conmigo una noche y serás mi mensajero? El niño está tan sediento, y la madre tan triste».

«No creo que me gusten los chicos», respondió Golondrina. «El verano pasado, cuando me quedé en el río, había dos chicos rudos, los hijos del molinero, que siempre me tiraban piedras. Nunca me golpearon, por supuesto; las golondrinas volamos demasiado bien como para eso, y además, vengo de una familia famosa por su agilidad; pero aun así, era una falta de respeto».

Pero el Príncipe Feliz tenía un aspecto tan triste que pequeño Golondrina se apenó. «Hace mucho frío aquí», dijo; «pero me quedaré contigo una noche, y seré tu mensajero».

«Gracias, pequeño Golondrina», dijo el Príncipe.

Y Golondrina cogió el gran rubí de la espada del Príncipe y se fue volando con éste en el pico por encima de los tejados de la ciudad.

Pasó junto a la torre de la catedral, donde estaban esculpidos los ángeles de mármol blanco. Pasó por el palacio y escuchó el sonido de una danza. Una hermosa muchacha salió al balcón con su amante. «¡Qué maravillosas son las estrellas!», le dijo él, « ¡y qué maravilloso es el poder del amor!».

«Espero que mi vestido esté listo a tiempo para el Baile Oficial», contestó ella; «he ordenado que le borden flores de la pasión; pero las costureras son muy perezosas».

Pasó por el río y vio los faroles colgados en los mástiles de los barcos. Pasó por el gueto y vio a los viejos judíos regateando entre sí y pesando el dinero en balanzas de cobre. Por fin llegó a la casa donde vivían los pobres y miró dentro. El niño se revolvía febrilmente en su cama, y la madre se había quedado dormida, tan cansada. Entró de un salto y dejó el gran rubí sobre la mesa, junto al dedal de la mujer. Luego voló suavemente alrededor de la cama, abanicando la frente del niño con sus alas. «Qué fresco me siento», dijo el niño, «debo estar mejorando»; y se hundió en un delicioso sueño.

Entonces Golondrina regresó volando al Príncipe Feliz, y le contó lo que había hecho. «Es curioso», comentó, «pero ahora siento bastante calor, aunque hace tanto frío».

«Eso es porque has hecho una buena acción», dijo el Príncipe. Golondrina se puso a pensar y se quedó dormido. Pensar siempre le daba sueño.

Cuando amaneció, bajó volando al río y se bañó. «¡Qué fenómeno tan extraordinario!», dijo el Profesor de Ornitología al pasar por el puente. «¡Una golondrina en invierno!». Y escribió una larga carta sobre ello al periódico local. Todos la citaron, estaba llena de tantas palabras que no podían entender.

«Esta noche me voy a Egipto», dijo Golondrina, y se sintió muy animado ante la perspectiva. Visitó todos los monumentos públicos y se sentó durante mucho tiempo en lo alto del campanario de la iglesia. Dondequiera que iba, los Gorriones gorjeaban y se decían unos a otros: «¡Qué extranjero tan distinguido!», de modo que se divertía mucho.

Cuando salió la luna, volvió volando hacia el Príncipe Feliz. «¿Tienes algún encargo para Egipto?», gritó; «ya estoy partiendo».

«Golondrina, Golondrina, pequeño Golondrina», dijo el Príncipe, «¿no te quedarás conmigo una noche más?».

«Me esperan en Egipto», respondió Golondrina. «Mañana mis amigos volarán hasta la Segunda Catarata. El caballo del río se acuesta allí entre los juncos, y en un gran trono de granito se sienta el Dios Memnon. Durante toda la noche observa las estrellas, y cuando brilla el lucero del alba lanza un grito de alegría, y luego calla. Al mediodía, los leones amarillos bajan al borde del agua para beber. Tienen ojos como berilos verdes, y su rugido es más fuerte que el de la catarata».

«Golondrina, Golondrina, pequeño Golondrina», dijo el Príncipe, «a lo lejos, al otro lado de la ciudad, veo a un joven en una buhardilla. Está inclinado sobre un escritorio cubierto de papeles, y en un vaso a su lado hay un ramo de violetas marchitas. Su pelo es castaño y crujiente, y sus labios son rojos como una granada, y tiene unos ojos grandes y soñadores. Está intentando terminar una obra para el Director del Teatro, pero tiene demasiado frío como para seguir escribiendo. No hay fuego en la caldera y el hambre le ha hecho desfallecer».

«Esperaré contigo una noche más», dijo Golondrina, que realmente tenía un buen corazón. «¿Le llevo otro rubí?».

«¡Ay! No tengo ningún rubí ahora», dijo el Príncipe; «mis ojos son todo lo que me queda. Son de raros zafiros, que fueron traídos de la India hace mil años. Arranca uno de ellos y llévaselo. Lo venderá al joyero, y comprará comida y leña, y terminará su obra».

«Querido Príncipe», dijo Golondrina, «no puedo hacerlo»; y se puso a llorar.

«Golondrina, Golondrina, pequeño Golondrina», dijo el Príncipe, «haz lo que te mando».

Entonces Golondrina le sacó el ojo al Príncipe y se fue volando a la buhardilla del estudiante. Era muy fácil entrar, pues había un agujero en el techo. A través de éste se lanzó y entró en la habitación. El joven tenía la cabeza entre las manos, por lo que no oyó el batir de las alas del pájaro, y cuando levantó la vista encontró el hermoso zafiro posado sobre las violetas marchitas.

«Empiezo a ser apreciado», exclamó; «esto proviene de algún gran admirador. Ahora puedo terminar mi obra», y parecía muy feliz.

Al día siguiente, Golondrina bajó volando al puerto. Se sentó en el mástil de un gran barco y observó cómo los marineros sacaban con cuerdas grandes cofres de la bodega. «¡Arriba!», gritaban al subir cada cofre. «¡Me voy a Egipto!», gritó Golondrina, pero a nadie le importó, y cuando salió la luna voló nuevamente hacia el Príncipe Feliz.

«He venido a despedirme de ti», gritó.

«Golondrina, Golondrina, pequeño Golondrina», dijo el Príncipe, «¿no te quedarás conmigo una noche más?».

«Es invierno», respondió Golondrina, «y la fría nieve no tardará en llegar. En Egipto el sol es cálido sobre las verdes palmeras, y los cocodrilos se tumban en el barro y miran perezosamente a su alrededor. Mis compañeros están construyendo un nido en el Templo de Baalbec, y las palomas rosas y blancas los observan y se arrullan entre sí. Querido Príncipe, debo dejarte, pero nunca te olvidaré, y la próxima primavera te traeré dos hermosas joyas en lugar de las que has regalado. El rubí será más rojo que una rosa roja, y el zafiro será tan azul como el gran mar».

«En la plaza allí abajo», dijo el Príncipe Feliz, «hay una pequeña vendedora de fósforos. Ha dejado caer sus fósforos en la alcantarilla, y están todos estropeados. Su padre la golpeará si no trae dinero a casa, y está llorando. No tiene zapatos ni medias, y su cabecita está desnuda. Sácame el otro ojo y dáselo, y así su padre no le pegará».

«Me quedaré contigo una noche más», dijo Golondrina, «pero no puedo sacarte el ojo. De ser así te quedarías completamente ciego».

«Golondrina, Golondrina, pequeño Golondrina», dijo el Príncipe, «haz lo que te mando».

Así que sacó el otro ojo del Príncipe y se lanzó con éste. Pasó por delante de la vendedora de fósforos y le puso la joya en la palma de la mano. «Qué bonito trozo de cristal», gritó la niña, y corrió a casa riendo.

Entonces Golondrina volvió a acercarse al Príncipe. «Ahora eres ciego», le dijo, «así que me quedaré contigo siempre».

«No, pequeño Golondrina», dijo el pobre Príncipe, «debes irte a Egipto».

«Me quedaré siempre contigo», dijo Golondrina, y durmió a los pies del Príncipe.

Todo el día siguiente se sentó en el hombro del Príncipe y le contó historias de lo que había visto en tierras extrañas. Le habló de los ibis rojos, que se colocan en largas filas a orillas del Nilo y atrapan peces de oro con sus picos; de la Esfinge, que es tan antigua como el mundo mismo, y vive en el desierto, y lo sabe todo; de los mercaderes, que caminan lentamente al lado de sus camellos, y llevan cuentas de ámbar en sus manos; del Rey de las Montañas de la Luna, que es negro como el ébano y adora un gran cristal; de la gran serpiente verde que duerme en una palmera y tiene veinte sacerdotes que la alimentan con pasteles de miel; y de los pigmeos que navegan sobre un gran lago en grandes hojas planas y están siempre en guerra con las mariposas.

«Querido Golondrina», dijo el Príncipe, «me hablas de cosas maravillosas, pero más maravilloso que todo es el sufrimiento de los hombres y de las mujeres. No hay Misterio tan grande como la Miseria. Vuela sobre mi ciudad, pequeño Golondrina, y dime qué ves allí».

Así, Golondrina sobrevoló la gran ciudad, y vio a los ricos que se divertían en sus hermosas casas, mientras los mendigos estaban sentados a las puertas. Voló hacia las oscuras callejuelas, y vio las blancas caras de los niños hambrientos que miraban con desgana las negras calles. Bajo el arco de un puente, dos chiquillos se echaban uno en brazos del otro para intentar mantenerse calientes. «¡Qué hambre tenemos!», decían. «No deben acostarse aquí», gritó el Vigilante, y salieron a la lluvia.

Luego volvió volando y le contó al Príncipe lo que había visto.

«Estoy cubierto de oro fino», dijo el Príncipe, «debes quitarlo, hoja por hoja, y dárselo a mis pobres; los vivos siempre piensan que el oro puede hacerlos felices».

Hoja tras hoja del oro fino, Golondrina fue quitando, hasta que el Príncipe Feliz se vio bastante apagado y gris. Hoja tras hoja del oro fino llevó a los pobres, y los rostros de los niños se tornaron más sonrosados, y rieron y jugaron en la calle. «Ahora tenemos pan», gritaban.

Entonces llegó la nieve, y después de la nieve llegó la escarcha. Las calles parecían de plata, tan brillantes y relucientes; largos carámbanos como puñales de cristal colgaban de los aleros de las casas, todo el mundo iba vestido con pieles, y los niños llevaban gorros de color escarlata y patinaban sobre el hielo.

El pobre Golondrina tenía cada vez más frío, pero no quería dejar al Príncipe, lo quería demasiado. Recogía migas en la puerta del panadero cuando éste no miraba y trataba de calentarse batiendo las alas.

Pero al final supo que iba a morir. Sólo tuvo fuerzas para volar hasta el hombro del Príncipe una vez más. «¡Adiós, querido Príncipe!», murmuró, «¿me dejarás besar tu mano?».

«Me alegro de que te vayas por fin a Egipto, pequeño Golondrina», dijo el Príncipe, «te has quedado demasiado tiempo aquí; pero debes besarme en los labios, porque te amo».

«No es a Egipto a donde voy», dijo Golondrina. «Voy a la Casa de la Muerte. La Muerte es hermana del Sueño, ¿no es así?».

Y besó al Príncipe Feliz en los labios, y cayó muerto a sus pies.

En ese momento sonó un curioso crujido en el interior de la estatua, como si algo se hubiera roto. El hecho es que el corazón de plomo se había partido en dos. Ciertamente era una helada terrible.

A la mañana siguiente, temprano, el Alcalde paseaba por la plaza en compañía de los Concejales. Al pasar por delante de la columna, miró la estatua: «¡Caramba! ¡Qué mal aspecto tiene el Príncipe Feliz!», dijo.

Los Concejales, que siempre estaban de acuerdo con el Alcalde, gritaron: «¡Qué mal está!», y se acercaron a verlo.

«Se le ha caído el rubí de la espada, sus ojos han desaparecido y ya no es dorado», dijo el Alcalde de hecho, «¡es poco mejor que un mendigo!».

«Poco mejor que un mendigo», dijeron los Concejales.

«¡Y aquí hay un pájaro muerto a sus pies!», continuó el Alcalde. «Realmente debemos emitir un bando para que no se permita la muerte de los pájaros aquí». Y el Secretario Municipal tomó nota de la sugerencia.

Así que derribaron la estatua del Príncipe Feliz. «Como ya no es bello, ya no es útil», dijo el Profesor de Arte de la Universidad.

Entonces fundieron la estatua en un horno, y el Alcalde convocó una reunión de la Corporación para decidir qué se iba a hacer con el metal. «Debemos tener otra estatua, por supuesto», dijo, «y será una estatua mía».

«O una estatua mía», dijo cada uno de los Concejales, y discutieron. La última vez que oí hablar de ellos seguían discutiendo.

«¡Qué cosa tan extraña!», dijo el supervisor de los obreros de la fundición. «Este corazón de plomo roto no se funde en el horno. Debemos tirarlo». Y lo arrojaron a un montón de polvo donde también yacía Golondrina muerto.

«Tráeme las dos cosas más preciosas de la ciudad», dijo Dios a uno de sus ángeles; y el ángel le trajo el corazón de plomo y el pájaro muerto.

«Has elegido bien», dijo Dios, «porque en mi jardín del Paraíso este pajarito cantará por siempre, y en mi ciudad de oro el Príncipe Feliz me alabará».

EL RUISEÑOR Y LA ROSA

«Dijo que bailaría conmigo si le llevaba rosas rojas», gritó el joven Estudiante; «pero en todo mi jardín no hay ninguna rosa roja».

Desde su nido en la encina lo oyó el Ruiseñor, que miró a través de las hojas y se maravilló.

«¡Ninguna rosa roja en todo mi jardín!», gritó, y sus hermosos ojos se llenaron de lágrimas. «¡Ah, de qué pequeñas cosas depende la felicidad! He leído todo lo que los sabios han escrito, y todos los secretos de la filosofía son míos, y sin embargo, por falta de una rosa roja mi vida se hace miserable».

«He aquí por fin un verdadero amante», dijo el Ruiseñor. «Noche tras noche he cantado sobre él, aunque no lo conocía; noche tras noche he contado su historia a las estrellas, y ahora lo veo. Sus cabellos son oscuros como la flor del jacinto, y sus labios son rojos como la rosa de su deseo; pero la pasión ha hecho su rostro como el marfil pálido, y el dolor ha puesto su sello en su frente».

«El Príncipe da un baile mañana por la noche», murmuró el joven Estudiante, «y mi amor asistirá a la fiesta. Si le traigo una rosa roja, bailará conmigo hasta el amanecer. Si le traigo una rosa roja, la tendré en mis brazos, y ella apoyará su cabeza en mi hombro, y su mano se estrechará en la mía. Pero no hay ninguna rosa roja en mi jardín, así que me sentaré solo, y ella pasará de largo. No me prestará atención, y mi corazón se romperá».

«He aquí, en efecto, el verdadero amante», dijo el Ruiseñor. «Lo que yo canto, él lo sufre; lo que para mí es alegría, para él es dolor. Ciertamente, el amor es algo maravilloso. Es más precioso que las esmeraldas, y más caro que los ópalos finos. Las perlas y las granadas no pueden comprarlo, ni se expone en el mercado. No se puede comprar a los mercaderes, ni se puede pesar en la balanza por oro».

«Los músicos se sentarán en el estrado», dijo el joven Estudiante, «y tocarán sus instrumentos de cuerda, y mi amor bailará al son del arpa y del violín. Ella bailará con tanta ligereza que sus pies no tocarán el suelo, y los cortesanos, con sus alegres vestidos, se agolparán a su alrededor. Pero conmigo no bailará, porque no tengo ninguna rosa roja que regalarle», y se arrojó sobre la hierba, enterró el rostro entre las manos y lloró.

«¿Por qué llora?», preguntó una pequeña Lagartija Verde, mientras corría a su lado con la cola en el aire.

«¿Sí, por qué?», dijo una Mariposa, que revoloteaba tras un rayo de sol.

«¿Sí, por qué?», susurró una Margarita a su vecina, en voz baja y suave.

«Está llorando por una rosa roja», dijo el Ruiseñor.

«¿Por una rosa roja?», exclamaron; «¡qué ridículo!», y el pequeño Lagartijo, que tenía algo de cínico, se reía a carcajadas.

Pero el Ruiseñor comprendió el secreto de la pena del Estudiante, y se sentó en silencio en el roble, y pensó en el misterio del Amor.

De repente, extendió sus alas marrones para volar y se elevó en el aire. Atravesó la arboleda como una sombra y, como una sombra, navegó por el jardín.

En el centro del prado había un hermoso Rosal, y cuando lo vio, voló hacia él y se posó sobre una rama.

«Dame una rosa roja», gritó, «y te cantaré mi más dulce canción».

Pero el Árbol negó con la cabeza.

«Mis rosas son blancas», respondió, «tan blancas como la espuma del mar y más blancas que la nieve de la montaña. Pero ve a mi hermano, que crece alrededor del viejo reloj de sol, y tal vez te dé lo que quieres».

Entonces el Ruiseñor voló hacia el Rosal que crecía alrededor del viejo reloj de sol.

«Dame una rosa roja», gritó, «y te cantaré mi más dulce canción».

Pero el Árbol negó con la cabeza.

«Mis rosas son amarillas», respondió, «tan amarillas como los cabellos de la sirena que se sienta en un trono de ámbar, y más amarillas que el narciso que florece en el prado antes de que llegue el segador con su guadaña. Pero ve a mi hermano que crece bajo la ventana del Estudiante, y quizás te dé lo que quieres».

Entonces el Ruiseñor voló hacia el Rosal que crecía bajo la ventana del Estudiante.

«Dame una rosa roja», gritó, «y te cantaré mi más dulce canción».

Pero el Árbol negó con la cabeza.

«Mis rosas son rojas», respondió, «tan rojas como los pies de la paloma, y más rojas que los grandes abanicos de coral que ondean y se agitan en la caverna del océano. Pero el invierno me ha helado las venas, y la escarcha ha cortado mis capullos, y la tormenta ha roto mis ramas, y este año no tendré rosas».

«Una rosa roja es todo lo que quiero», gritó el Ruiseñor, «¡sólo una rosa roja! ¿No hay manera de conseguirla?».

«Hay una manera», respondió el Árbol; «pero es tan terrible que no me atrevo a decírtela».

«Dímelo», dijo el Ruiseñor, «no tengo miedo».

«Si quieres una rosa roja», dijo el Árbol, «debes construirla con música a la luz de la luna, y mancharla con la sangre de tu propio corazón. Debes cantarme con tu pecho contra una espina. Durante toda la noche debes cantarme, y la espina debe atravesar tu corazón, y tu sangre vital debe fluir hacia mis venas, y convertirse en la mía».

«La muerte es un gran precio a pagar por una rosa roja», gritó el Ruiseñor, «y la Vida es muy querida por todos. Es agradable sentarse en el verde bosque, y observar al Sol en su carro de oro, y a la Luna en su carro de perlas. Dulce es el aroma del espino, y dulces son las campanillas que se esconden en el valle, y el brezo que cubre la colina. Pero el Amor es mejor que la Vida, y ¿qué es el corazón de un pájaro comparado con el corazón de un hombre?».

Así que extendió sus alas marrones para volar y se elevó en el aire. Como una sombra, pasó por encima del jardín, y como una sombra navegó por la arboleda.

El joven Estudiante seguía tumbado en la hierba, donde lo había dejado, y las lágrimas aún no se habían secado en sus hermosos ojos.

«Sé feliz», gritó el Ruiseñor, «sé feliz; tendrás tu rosa roja. La construiré con música a la luz de la luna y la teñiré con la sangre de mi corazón. Lo único que te pido a cambio es que seas un verdadero amante, pues el Amor es más sabio que la Filosofía, aunque ella sea sabia, y más poderosa que el Poder, aunque él sea potente. Sus alas son de color de llama, y su cuerpo es de color de llama. Sus labios son dulces como la miel, y su aliento es como el incienso».

El Estudiante levantó la vista de la hierba y escuchó, pero no pudo entender lo que el Ruiseñor le decía, pues sólo conocía las cosas que están escritas en los libros.

Pero el Roble comprendió y se sintió triste, pues quería mucho al pequeño Ruiseñor que había construido su nido en sus ramas.

«Cántame una última canción», susurró; «me sentiré muy solo cuando te vayas».

Y el Ruiseñor le cantó al Roble, y su voz era como el agua que brota de una jarra de plata.

Cuando terminó su canción, el Estudiante se levantó y sacó de su bolsillo un cuaderno y un lápiz.

«El Ruiseñor tiene la forma», se dijo, mientras se alejaba por la arboleda, «eso no se le puede negar; pero ¿tiene sentimientos? Me temo que no. De hecho, es como la mayoría de los artistas; es todo estilo, sin ninguna sinceridad. No se sacrificaría por los demás. Sólo piensa en la música, y todo el mundo sabe que las artes son egoístas. Sin embargo, hay que admitir que tiene algunas notas hermosas en su voz. Es una lástima que no signifiquen nada, ni hagan ningún bien práctico». Y se fue a su habitación, y se acostó en su camita, y se puso a pensar en su amor; y, al cabo de un rato, se quedó dormido.

Y cuando la Luna brilló en el cielo, el Ruiseñor voló al Rosal y puso su pecho contra la espina. Toda la noche cantó con su pecho contra la espina, y la fría y cristalina Luna se inclinó y escuchó. Durante toda la noche cantó, y la espina se clavó cada vez más en su pecho, y su sangre vital se escurrió de él.

Cantó primero el nacimiento del amor en el corazón de un muchacho y una muchacha. Y en la copa del Rosal floreció una rosa maravillosa, pétalo tras pétalo, como a cada canción le siguió otra canción. Al principio era pálida como la niebla que se cierne sobre el río, pálida como los pies de la mañana y plateada como las alas del amanecer. Como la sombra de una rosa en un espejo de plata, como la sombra de una rosa en un estanque, así era la rosa que florecía en la cima del Árbol.

Pero el Árbol le gritó al Ruiseñor que se apretara más contra la espina. «Aprieta más, pequeño Ruiseñor», gritó el Árbol, «o el Día llegará antes de que la rosa esté terminada».

Así que el Ruiseñor se apretó más contra la espina, y cada vez más fuerte creció su canción, pues cantaba el nacimiento de la pasión en el alma de un hombre y una doncella.

Y un delicado rubor de color rosa llegó a las hojas de la rosa, como el rubor del rostro del novio cuando besa los labios de la novia. Pero la espina no había llegado aún a su corazón, por lo que el corazón de la rosa permaneció blanco, pues sólo la sangre del corazón de un Ruiseñor puede enrojecer el corazón de una rosa.

Y el Árbol le gritó al Ruiseñor que se apretara más contra la espina. «Aprieta más, pequeño Ruiseñor», gritó el Árbol, «o el Día llegará antes de que la rosa esté terminada».

Así que el Ruiseñor se apretó más contra la espina, y la espina le tocó el corazón, y una feroz punzada de dolor le atravesó. Amargo, amargo fue el dolor, y más y más salvaje creció su canción, pues cantó al Amor que se perfecciona con la Muerte, al Amor que no muere en la tumba.

Y la maravillosa rosa se volvió carmesí, como la rosa del cielo oriental. Carmesí era el cinturón de pétalos, y carmesí como un rubí era el corazón.

Pero la voz del Ruiseñor se hizo más débil, y sus pequeñas alas comenzaron a batirse, y una película cubrió sus ojos. Su canto era cada vez más débil, y sintió que algo le ahogaba la garganta.

Entonces emitió un último arrebato de música. La Luna blanca la oyó, y se olvidó del amanecer, y se quedó en el cielo. La rosa roja la oyó, y se estremeció de éxtasis, y abrió sus pétalos al aire frío de la mañana. El eco la llevó a su caverna púrpura en las colinas, y despertó a los pastores dormidos de sus sueños. Flotó entre los juncos del río y ellos llevaron su mensaje al mar.

«¡Mira, mira!», gritó el Árbol, «la rosa ya está terminada»; pero el Ruiseñor no respondió, pues yacía muerto en la larga hierba, con la espina en el corazón.

Al mediodía, el Estudiante abrió la ventana y se asomó.

«¡Vaya, qué suerte!», exclamó, «¡aquí hay una rosa roja! No he visto ninguna rosa como ésta en toda mi vida. Es tan hermosa que estoy seguro de que tiene un largo nombre en latín»; y se inclinó y la arrancó.

Luego se puso el sombrero y corrió hasta la casa del Profesor con la rosa en la mano.

La hija del Profesor estaba sentada en la puerta enrollando seda azul en un carrete, y su perrito estaba echado a sus pies.

«Dijiste que bailarías conmigo si te traía una rosa roja», gritó el Estudiante. «Aquí tienes la rosa más roja de todo el mundo. La llevarás esta noche junto a tu corazón, y mientras bailamos juntos te dirá cómo te quiero».

Pero la muchacha frunció el ceño.

«Me temo que no combinará con mi vestido», respondió ella, «y, además, el sobrino del Chambelán me ha enviado unas joyas de verdad, y todo el mundo sabe que las joyas cuestan mucho más que las flores».

«Pues te aseguro que eres muy desagradecida», dijo enfadado el Estudiante; y arrojó la rosa a la calle, donde cayó en la cuneta, y una rueda de carro le pasó por encima.

«¡Ingrato!», dijo la muchacha. «Te digo que eres muy grosero; y, después de todo, ¿quién eres? Sólo un Estudiante. No creo que tengas ni siquiera hebillas de plata en tus zapatos, como el sobrino del Chambelán»; y se levantó de la silla y entró en la casa.

«Qué cosa más tonta es el Amor», dijo el Estudiante mientras se alejaba. «No es ni la mitad de útil que la Lógica, porque no demuestra nada, y siempre le dice a uno cosas que no van a suceder, y le hace creer cosas que no son ciertas. De hecho, es muy poco práctico, y, como en esta época ser práctico lo es todo, volveré a la Filosofía y estudiaré Metafísica».

Así que volvió a su habitación, sacó un gran libro polvoriento y se puso a leer.

Todas las tardes, al volver de la escuela, los niños solían ir a jugar al jardín del Gigante.

Era un jardín grande y hermoso, con una hierba verde y suave. Aquí y allá, sobre la hierba, crecían hermosas flores como estrellas, y había doce durazneros que en primavera florecían con delicadeza, de color rosa y perla, y en otoño daban ricos frutos. Los pájaros se posaban en los árboles y cantaban con tanta dulzura que los niños solían detener sus juegos para escucharlos. «¡Qué felices somos aquí!», se gritaban unos a otros.

Un día el Gigante regresó. Había ido a visitar a su amigo el ogro de Cornualles, y se había quedado con él durante siete años. Una vez transcurridos los siete años, dijo todo lo que tenía que decir, pues su conversación era limitada, y decidió volver a su propio castillo. Cuando llegó vio a los niños jugando en el jardín.

«¿Qué hacen aquí?», gritó con voz muy ronca, y los niños salieron corriendo.

«Mi jardín es mi propio jardín», dijo el Gigante; «cualquiera puede entenderlo, y no permitiré que nadie juegue en él más que yo mismo». Así que construyó un alto muro a su alrededor y colocó un letrero de aviso.

PROHIBIDA LA ENTRADA.
LOS TRANSGRESORES SERÁN
PROCESADOS.

Era un Gigante muy egoísta.

Los pobres niños no tenían dónde jugar. Intentaron jugar en el camino, pero éste estaba muy polvoriento y lleno de piedras duras, y no les gustaba. Cuando terminaban las clases, se paseaban por el alto muro y hablaban del hermoso jardín que había dentro. «Qué felices éramos allí», se decían unos a otros.

Luego llegó la Primavera, y en todo el país había florecitas y pajaritos. Sólo en el jardín del Gigante Egoísta seguía siendo invierno. Los pájaros no se preocupaban de cantar en él, ya que no había niños, y los árboles se olvidaban de florecer. Una vez, una hermosa flor sacó la cabeza de la hierba, pero cuando vio el letrero se apenó tanto por los niños que volvió a meterse en la tierra y se fue a dormir. Los únicos que se alegraron fueron la Nieve y la Escarcha. «La Primavera se ha olvidado de este jardín», gritaron, «así que viviremos aquí todo el año». La Nieve cubrió la hierba con su gran manto blanco, y la Escarcha pintó de plata todos los árboles. Luego invitaron al Viento del Norte a quedarse con ellos, y éste vino. Iba envuelto en pieles, y se pasaba el día rugiendo por el jardín y derribando las chimeneas. «Este es un lugar encantador», dijo, «debemos pedirle al Granizo que nos visite». Así que el Granizo vino. Todos los días, durante tres horas, golpeaba el tejado del castillo hasta romper la mayoría de las tejas, y luego corría alrededor del jardín tan rápido como podía. Iba vestido de gris y su aliento era como el hielo.

«No puedo entender por qué la Primavera tarda tanto en llegar», dijo el Gigante Egoísta, mientras se sentaba en la ventana y miraba su frío jardín blanco; «espero que haya un cambio en el clima».

Pero la Primavera nunca llegó, ni el Verano. El Otoño dio frutos dorados a todos los jardines, pero al jardín del Gigante no le dio ninguno. «Es demasiado egoísta», dijo. Así que allí siempre fue Invierno, y el Viento del Norte, y el Granizo, y la Escarcha, y la Nieve danzaban entre los árboles.

Una mañana, el Gigante estaba despierto en la cama cuando oyó una música muy bonita. Sonaba tan dulce a sus oídos que pensó que debían ser los músicos del Rey que pasaban por allí. En realidad era sólo un pequeño pardillo que cantaba frente a su ventana, pero hacía tanto tiempo que no oía cantar a un pájaro en su jardín que le pareció la música más hermosa del mundo. Entonces el Granizo dejó de bailar sobre su cabeza, y el Viento del Norte cesó de rugir, y un delicioso perfume le llegó a través de la ventana abierta. «Creo que por fin ha llegado la Primavera», dijo el Gigante; y saltó de la cama y miró hacia afuera.

¿Qué es lo que vio?

Vio un espectáculo maravilloso. A través de un pequeño agujero en la pared, los niños se habían colado y estaban sentados en las ramas de los árboles. En cada árbol que pudo ver había un niño pequeño. Y los árboles estaban tan contentos de tener de nuevo a los niños que se habían cubierto de flores y agitaban suavemente los brazos por encima de las cabezas de los niños. Los pájaros volaban y trinaban de alegría, y las flores miraban hacia arriba a través de la verde hierba y se reían. Era una escena preciosa, sólo que en un rincón todavía era invierno. Era el rincón más alejado del jardín, y en él se encontraba un niño pequeño. Era tan pequeño que no podía alcanzar las ramas del árbol, y se paseaba por él, llorando amargamente. El pobre árbol estaba todavía cubierto de escarcha y nieve, y el Viento del Norte soplaba y rugía sobre él. «¡Sube, pequeño!», dijo el Árbol, y agachó sus ramas todo lo que pudo; pero el niño era demasiado pequeño.

Y el corazón del Gigante se derritió al mirar hacia afuera. «Qué egoísta he sido», dijo, «ahora sé por qué la Primavera no quiso venir aquí. Pondré a ese pobre niño en la copa del árbol, y luego derribaré el muro, y mi jardín será el lugar de juego de los niños por los siglos de los siglos». Estaba realmente muy arrepentido de lo que había hecho.

Así que bajó sigilosamente las escaleras, abrió la puerta de entrada con bastante suavidad y salió al jardín. Pero los niños, al verlo, se asustaron tanto que todos salieron corriendo, y el jardín volvió a ser invierno. Sólo el niño pequeño no corrió, pues tenía los ojos tan llenos de lágrimas que no vio venir al Gigante. El Gigante se acercó por detrás, lo cogió suavemente con la mano y lo subió al árbol. El árbol floreció de inmediato, y los pájaros vinieron a cantar en él, y el niño extendió sus dos brazos y los echó al cuello del Gigante, y lo besó. Y los otros niños, al ver que el Gigante ya no era malvado, volvieron corriendo, y con ellos llegó la Primavera. «Ahora es el jardín suyo, niñitos», dijo el Gigante, y tomó un gran hacha y derribó el muro. Y cuando la gente fue al mercado a las doce, encontró al Gigante jugando con los niños en el jardín más hermoso que jamás habían visto.

Durante todo el día jugaron, y al anochecer se acercaron al Gigante para despedirse de él.

«Pero, ¿dónde está el pequeño compañero?», dijo él: «El niño que puse en el árbol». El Gigante lo quería más porque lo había besado.

«No lo sabemos», respondieron los niños; «se ha ido».

«Hay que decirle que venga mañana», dijo el Gigante. Pero los niños dijeron que no sabían dónde vivía y que nunca lo habían visto, y el Gigante se sintió muy triste.

Todas las tardes, al terminar la escuela, los niños venían a jugar con el Gigante. Pero el niño al que el Gigante quería no volvió a ser visto. El Gigante era muy amable con todos los niños, pero añoraba a su primer amiguito, y a menudo hablaba de él. «¡Cómo me gustaría verlo!», solía decir.

Pasaron los años y el Gigante se hizo muy viejo y débil. Ya no podía jugar más, así que se sentó en un enorme sillón, y observó a los niños en sus juegos, y admiró su jardín. «Tengo muchas flores hermosas», decía, «pero los niños son las flores más hermosas de todas».

Una mañana de invierno miró por la ventana mientras se vestía. Ahora no odiaba el Invierno, pues sabía que era simplemente la Primavera dormida, y que las flores estaban descansando.

De repente se frotó los ojos con asombro, y miró y miró. Ciertamente era una vista maravillosa. En el rincón más alejado del jardín había un árbol cubierto de hermosas flores blancas. Sus ramas eran doradas y de ellas colgaban frutos plateados, y debajo de él estaba el niño que él había amado.

El Gigante bajó las escaleras con gran alegría y salió al jardín. Se apresuró a cruzar la hierba y se acercó al niño. Cuando se acercó, su rostro se puso rojo de ira y dijo: «¿Quién se ha atrevido a herirte?». Porque en las palmas de las manos del niño había las huellas de dos clavos, y las huellas de dos clavos estaban en los piececitos.

«¿Quién se ha atrevido a herirte?», gritó el Gigante; «dime, para que pueda tomar mi gran espada y matarlo».

«¡No!», respondió el niño; «estas son las heridas del Amor».

«¿Quién eres tú?», dijo el Gigante, y un extraño temor cayó sobre él, y se arrodilló ante el pequeño.

El niño sonrió al Gigante y le dijo: «Tú me dejaste jugar una vez en tu jardín, hoy vendrás conmigo a mi jardín, que es el Paraíso».

Y cuando los niños entraron corriendo aquella tarde, encontraron al Gigante muerto bajo el árbol, todo cubierto de flores blancas.

EL AMIGO FIEL

Una mañana, la vieja Rata de Agua sacó la cabeza de su agujero. Tenía unos ojos brillantes y unos bigotes grises y su cola era como un largo trozo de goma negra. Los patos pequeños nadaban en el estanque con el mismo aspecto que un montón de canarios amarillos, y su madre, de color blanco puro y con las patas verdaderamente rojas, intentaba enseñarles a hundir la cabeza en el agua.

«Nunca pertenecerán a lo mejor de la sociedad a menos que sepan sumergir sus cabezas», les decía una y otra vez; y de vez en cuando les mostraba cómo se hacía. Pero los patitos no le hacían caso. Eran tan jóvenes que no sabían la ventaja que supone pertenecer a la sociedad.

«¡Qué niños tan desobedientes!», gritó la vieja Rata de Agua; «realmente merecen ser ahogados».

«Nada de eso», respondió la Pata, «cada uno debe comenzar de alguna manera, y la paciencia de los padres nunca está de más».

«No sé nada de los sentimientos de los padres», dijo la Rata de Agua, «no soy un hombre de familia. De hecho, nunca me he casado y nunca pienso hacerlo. El amor está muy bien a su manera, pero la amistad es mucho más elevada. De hecho, no conozco nada en el mundo que sea más noble o más raro que una amistad fiel».

«¿Y cuál es tu idea de los deberes de un amigo fiel?», preguntó un Pardillo Verde, que estaba sentado en un sauce cercano y había escuchado la conversación.

«Sí, eso es justo lo que quiero saber», dijo la Pata; y se alejó nadando hasta el final del estanque, y sumergió la cabeza, para dar un buen ejemplo a sus hijos.

«Qué pregunta más tonta», gritó la Rata de Agua. «Yo esperaría que mi amigo fiel fuera fiel a mí, por supuesto».

«¿Y qué harías tú a cambio?», dijo el pajarito, balanceándose sobre un rocío plateado y batiendo sus pequeñas alas.

«No te entiendo», respondió la Rata de Agua.

«Deja que te cuente una historia sobre el tema», dijo el Pardillo.

«¿La historia es sobre mí?», preguntó la Rata de Agua. «Si es así, la escucharé, pues me gusta mucho la ficción».

«Es aplicable a ti», respondió el Pardillo; y bajó volando, y posándose en la orilla, contó la historia del Amigo Fiel.

«Érase una vez», dijo el Pardillo, «un honrado muchachito llamado Hans».

«¿Era muy distinguido?», preguntó la Rata de Agua.

«No», respondió el Pardillo, «no creo que fuera distinguido en absoluto, excepto por su corazón bondadoso y su graciosa y redonda cara de buen humor. Vivía en una casita sola, y todos los días trabajaba en su jardín. En todo el país no había un jardín tan bonito como el suyo. Allí crecían las flores del Clavel, las Bolsas del Pastor y los Botones de Oro. Había Rosas de damasco, y Rosas amarillas, Azafranes lilas, y dorados, Violetas moradas y blancas. La Colombina y la Malvarrosa, la Mejorana y la Albahaca silvestre, la Hierba de la vaca y la Flor de luz, el Narciso y el Clavo de olor, florecían en el orden que les correspondía a medida que pasaban los meses, y una flor ocupaba el lugar de otra, de modo que siempre había cosas hermosas que mirar y olores agradables que oler.

«El pequeño Hans tenía muchos amigos, pero el más devoto de todos era el gran Hugh, el molinero. Era tal la devoción del rico Molinero por el pequeño Hans, que nunca pasaba por su jardín sin inclinarse sobre el muro y arrancar una gran flor, o un puñado de hierbas dulces, o llenarse los bolsillos de ciruelas y cerezas si era la temporada de la fruta.

«"Los verdaderos amigos deben tener todo en común", solía decir el Molinero, y el pequeño Hans asentía y sonreía, y se sentía muy orgulloso de tener un amigo con ideas tan nobles.

«A veces los vecinos se extrañaban de que el rico Molinero no diera nunca nada a cambio al pequeño Hans, a pesar de que tenía cien sacos de harina almacenados en su molino, y seis vacas lecheras, y un gran rebaño de ovejas lanudas; pero Hans nunca se preocupaba por estas cosas, y nada le producía mayor placer que escuchar todas las cosas maravillosas que el Molinero solía decir sobre el desinterés de la verdadera amistad.

«El pequeño Hans trabajaba en su jardín. Durante la primavera, el verano y el otoño era muy feliz, pero cuando llegaba el invierno, y no tenía frutas ni flores que llevar al mercado, sufría mucho de frío y hambre, y a menudo tenía que irse a la cama sin cenar más que unas peras secas o unas nueces duras. Además, en invierno se sentía muy solo, ya que el Molinero nunca iba a verle.

«"No tiene sentido que vaya a ver al pequeño Hans mientras dure la nieve", solía decir el Molinero a su mujer, "porque cuando la gente tiene problemas hay que dejarla sola y no molestarla con visitas. Esa es al menos mi idea de la amistad, y estoy seguro de que tengo razón. Así que esperaré a que llegue la primavera, y entonces le haré una visita, y podrá regalarme una gran cesta de prímulas y eso le hará muy feliz".

«"Ciertamente eres muy considerado con los demás", respondió la Esposa, mientras se sentaba en su cómodo sillón junto a la gran chimenea de madera de pino; "realmente muy considerado. Es un placer oírte hablar de la amistad. Estoy segura de que el propio clérigo no podría decir cosas tan bonitas como las que tú dices, aunque viva en una casa de tres pisos y lleve un anillo de oro en el dedo meñique".

«"¿Pero no podríamos pedirle al pequeño Hans que suba aquí?", dijo el hijo menor del Molinero. "Si el pobre Hans tiene problemas, le daré la mitad de mis cereales y le enseñaré mis conejos blancos".

«"¡Qué niño tan tonto eres!", gritó el Molinero; "realmente no sé de qué sirve enviarte a la escuela. Parece que no aprendes nada. Si el pequeño Hans viniera aquí y viera nuestro cálido fuego, nuestra buena cena y nuestro gran barril de vino tinto, podría sentir envidia, y la envidia es algo terrible, que arruinaría la naturaleza de cualquiera. No voy a permitir que se estropee la naturaleza de Hans. Soy su mejor amigo, y siempre velaré por él, y procuraré que no caiga en ninguna tentación. Además, si Hans viniera aquí, podría pedirme que le dejara algo de harina a crédito, y eso no podría hacerlo. Una cosa es la harina y otra la amistad, y no hay que confundirlas. Las palabras se escriben de forma diferente y significan cosas muy distintas. Todo el mundo puede verlo".

«"¡Qué bien hablas!", dijo la Esposa del Molinero, sirviéndose un gran vaso de cerveza caliente; "realmente me siento muy adormecida. Es como estar en la iglesia"».

«"Mucha gente actúa bien", respondió el Molinero, "pero muy poca gente habla bien, lo que demuestra que hablar es la cosa más difícil de las dos, y también la más fina"; y miró severamente a su hijo pequeño a través de la mesa, que se sintió tan avergonzado de sí mismo que bajó la cabeza, se ruborizó y empezó a llorar sobre su té. Sin embargo, era tan joven que hay que disculparlo».

«¿Es ése el final de la historia?», preguntó la Rata de Agua.

«Desde luego que no», respondió el Pardillo, «es el principio».

«Entonces estás muy atrasado», dijo la Rata de Agua. «Hoy en día, todos los buenos narradores empiezan por el final, siguen por el principio y terminan por el medio. Ese es el nuevo método. El otro día oí hablar de ello a un crítico que paseaba por el estanque con un joven. Habló largo y tendido del asunto, y estoy seguro de que debía de tener razón, porque tenía gafas azules y la cabeza calva, y siempre que el joven hacía algún comentario, respondía, "¡Pse!". Pero, por favor, sigue con tu historia. Me gusta mucho el Molinero. Yo también tengo toda clase de bellos sentimientos, así que hay una gran simpatía entre nosotros».

«Pues bien», dijo el Pardillo, saltando ahora sobre una pata y ahora sobre la otra, «en cuanto pasó el invierno y las prímulas empezaron a abrir sus pálidas estrellas amarillas, el Molinero dijo a su mujer que bajaría a ver al pequeño Hans.

«"¡Qué buen corazón tienes!", gritó su mujer, "siempre estás pensando en los demás. Y no te olvides de llevar la gran cesta para las flores".

«El Molinero ató las aspas del molino con una fuerte cadena de hierro y bajó la colina con la cesta en el brazo.

«"Buenos días, pequeño Hans", dijo el Molinero.

«"Buenos días", dijo Hans, apoyado en su pala y con una sonrisa de oreja a oreja.

«"¿Y cómo has estado todo el invierno?", dijo el Molinero.

«"Bien, de verdad", exclamó Hans, "es realmente muy bueno que me lo preguntes. Me temo que lo pasé bastante mal, pero ahora ha llegado la primavera y estoy muy contento, y todas mis flores están bien".

«"Hemos hablado a menudo de ti durante el invierno, Hans", dijo el Molinero, "y nos preguntábamos cómo te iba".

«"Es muy amable de tu parte", dijo Hans; "casi temía que te hubieras olvidado de mí".

«"Hans, me sorprendes", dijo el Molinero; "la amistad nunca

olvida. Eso es lo maravilloso, pero me temo que no entiendes la poesía de la vida. Por cierto, ¡qué bonitas están tus prímulas!".

«"Ciertamente son muy bonitas", dijo Hans, "y es una gran suerte para mí tener tantas. Voy a llevarlas al mercado y venderlas a la hija del burgomaestre, y con el dinero recuperaré mi carretilla".

«"¿Recuperar tu carretilla? ¿No querrás decir que la has vendido? ¡Qué cosa más estúpida!".

«"Bueno, el hecho es", dijo Hans, "que me vi obligado a hacerlo. El invierno fue muy malo para mí, y no tenía dinero para comprar pan. Así que primero vendí los botones de plata de mi abrigo de los domingos, y luego vendí mi cadena de plata, y luego vendí mi gran pipa, y por último vendí mi carretilla. Pero ahora voy a volver a comprar todo".

«"Hans", dijo el Molinero, "te daré mi carretilla. No está en muy buen estado; de hecho, uno de los lados está estropeado, y hay algún problema con los radios de las ruedas; pero, a pesar de ello, te la daré. Sé que es muy generoso por mi parte, y que mucha gente pensaría que soy muy tonto por desprenderme de ella, pero no soy como el resto del mundo. Creo que la generosidad es la esencia de la amistad y, además, he comprado una carretilla nueva para mí. Sí, puedes estar tranquilo, te daré mi carretilla".

«"Bueno, realmente, es generoso de tu parte", dijo el pequeño Hans, y su graciosa y redonda cara brilló de placer. "Puedo arreglarlo fácilmente, ya que tengo un tablón de madera en la casa".

«"Un tablón de madera", dijo el Molinero, "eso es justo lo que necesito para el techo de mi granero. Hay un agujero muy grande en él, y todo el maíz se humedecerá si no lo tapo. ¡Qué suerte que lo hayas mencionado! Es notable cómo una buena acción siempre engendra otra. Te he dado mi carretilla, y ahora tú me vas a dar tu tablón. Por supuesto, la carretilla vale mucho más que el tablón, pero es cierto que la amistad nunca se fija en esas cosas. Te ruego que la cojas en seguida, y yo me pondré a trabajar en mi granero hoy mismo".

«"Por supuesto", gritó el pequeño Hans, y corrió al cobertizo y sacó el tablón.

«"No es un tablón muy grande", dijo el Molinero, mirándolo, "y me temo que después de que haya arreglado el tejado de mi granero no te quedará nada con lo que arreglar la carretilla; pero, por supuesto, eso no es culpa mía. Y ahora, como te he dado mi carretilla, estoy seguro de que te gustaría darme algunas flores a cambio. Aquí está la cesta, y procura llenarla bien".

«"¿Bien llena?", dijo el pequeño Hans, bastante afligido, pues en realidad era una cesta muy grande, y sabía que si la llenaba no le quedarían flores para el mercado y estaba muy ansioso por recuperar sus botones de plata.

«"Bueno, en realidad", respondió el Molinero, "como te he dado mi carretilla, no creo que sea mucho pedirte unas cuantas flores. Puede que me equivoque, pero yo creía que la amistad, la verdadera amistad, estaba libre de cualquier tipo de egoísmo".

«"Mi querido amigo, mi mejor amigo", gritó el pequeño Hans, "con gusto te regalo todas las flores de mi jardín. Preferiría tener tu buena opinión antes que mis botones de plata", y corrió a arrancar todas sus bonitas prímulas y llenó la cesta del Molinero.

«"Adiós, pequeño Hans", dijo el Molinero, mientras subía la colina con el tablón al hombro y la gran cesta en la mano.

«"Adiós", dijo el pequeño Hans, y se puso a cavar alegremente; tan contento estaba respecto a la carretilla.

«Al día siguiente él estaba sujetando unas madreselvas en el porche, cuando oyó la voz del Molinero llamándole desde el camino. Así que saltó de la escalera y corrió por el jardín, y miró por encima del muro.

«Allí estaba el Molinero con un gran saco de harina a la espalda.

«"Querido Hans", dijo el Molinero, "¿te importaría llevarme este saco de harina al mercado?".

«"Oh, lo siento mucho", dijo Hans, "pero hoy estoy muy ocupado. Tengo que sujetar todas mis enredaderas, regar todas mis flores y cortar todo mi césped".

«"Bueno, en realidad", dijo el Molinero, "creo que, teniendo en cuenta que te voy a regalar mi carretilla, es bastante poco amistoso por tu parte negarte".

«"No digas eso", exclamó el pequeño Hans, "yo no sería poco amistoso por nada del mundo", y corrió a por su gorra y se marchó con el gran saco sobre los hombros.

«Era un día muy caluroso y el camino estaba terriblemente polvoriento, y antes de que Hans llegara al sexto mojón estaba tan cansado que tuvo que sentarse a descansar. Sin embargo, siguió adelante con valentía, y por fin llegó al mercado. Después de esperar allí un rato, vendió el saco de harina a muy buen precio, y luego regresó a casa de inmediato, pues temía que si se detenía demasiado tarde podría encontrarse con algún ladrón en el camino.

«"Ha sido un día muy duro", se dijo el pequeño Hans cuando se iba a acostar, "pero me alegro de no haber rechazado al Molinero, porque es mi mejor amigo y, además, me va a regalar su carretilla".

«A la mañana siguiente, temprano, el Molinero bajó a buscar el dinero de su saco de harina, pero el pequeño Hans estaba tan cansado que seguía en la cama.

«"Te aseguro", dijo el Molinero, "que eres muy perezoso. Realmente, considerando que voy a darte mi carretilla, creo que deberías trabajar más. El ocio es un gran pecado, y ciertamente no me gusta que ninguno de mis amigos sea ocioso o perezoso. No debe importarle que le hable con franqueza. Por supuesto que no se me ocurriría hacerlo si no fuera tu amigo. Pero ¿de qué sirve la amistad si uno no puede decir exactamente lo que quiere decir? Cualquiera puede decir cosas encantadoras y tratar de complacer y halagar, pero un verdadero amigo siempre dice cosas desagradables, y no le importa hacer daño. De hecho, si es un verdadero amigo lo prefiere, porque sabe que entonces está haciendo el bien".

«"Lo siento mucho", dijo el pequeño Hans, frotándose los ojos y quitándose la gorra de dormir, "pero estaba tan cansado que pensé en quedarme un rato en la cama y escuchar el canto de los pájaros. ¿Sabes que siempre trabajo mejor después de oír el canto de los pájaros?".

«"Me alegro", dijo el Molinero, dándole una palmada en la espalda al pequeño Hans, "porque quiero que subas al molino en cuanto te hayas vestido y me arregles el tejado del granero".

«El pobrecito Hans tenía muchas ganas de ir a trabajar a su jardín, pues sus flores llevaban dos días sin ser regadas, pero no le gustaba rechazar al Molinero, ya que era un buen amigo suyo.

«"¿Crees que sería antipático por mi parte si dijera que estoy ocupado?", preguntó con voz tímida.

«"Bueno, realmente", respondió el Molinero, "no creo que sea mucho pedirte, considerando que voy a darte mi carretilla; pero por supuesto, si te niegas, iré y lo haré yo mismo".

«"¡Oh! de ninguna manera", gritó el pequeño Hans y saltó de la cama, se vistió y subió al granero.

«Trabajó allí todo el día, hasta la puesta de sol, y al atardecer el

Molinero vino a ver cómo le iba.

«"¿Ya has arreglado el agujero del tejado, pequeño Hans?", gritó el Molinero con voz alegre.

«"Ya está arreglado", contestó el pequeño Hans, bajando la escalera.

«El Molinero dijo: "No hay trabajo tan agradable como el que se hace para los demás".

«"Es un gran privilegio oírte hablar", respondió el pequeño Hans, sentándose y secándose la frente, "un gran privilegio. Pero me temo que nunca tendré ideas tan hermosas como las tuyas".

«"¡Oh! vendrán a ti", dijo el Molinero, "pero debes esforzarte más. Ahora sólo tienes la práctica de la amistad; algún día tendrás también la teoría".

«"¿Crees que la tendré?", preguntó el pequeño Hans.

«"No lo dudo", respondió el Molinero, "pero ahora que has arreglado el tejado, será mejor que te vayas a casa a descansar, porque mañana quiero que lleves mis ovejas a la montaña".

«El pobrecito Hans no se atrevió a decir nada al respecto, y a la mañana siguiente el Molinero llevó sus ovejas a la casa, y Hans partió con ellas hacia la montaña. Tardó todo el día en ir y volver, y cuando regresó estaba tan cansado que se durmió en su silla y no se despertó hasta que se hizo de día.

«"Qué bien me lo voy a pasar en mi jardín", dijo, y se puso a trabajar enseguida.

«Pero, de alguna manera, nunca pudo ocuparse de sus flores, pues su amigo el Molinero venía siempre a hacerle largos recados o a pedirle que le ayudara en el molino. El pequeño Hans se angustiaba mucho a veces, pues temía que sus flores creyeran que las había olvidado, pero se consolaba pensando que el Molinero era su mejor amigo. "Además", decía, "me va a regalar su carretilla, y eso es un acto de pura generosidad".

«Así, el pequeño Hans trabajaba para el Molinero, y éste le decía toda clase de cosas hermosas sobre la amistad, que Hans anotaba en un cuaderno y solía leer por la noche, pues era un gran estudioso.

«Sucedió que una noche el pequeño Hans estaba sentado junto al fuego cuando se oyó un fuerte golpe en la puerta. Era una noche muy salvaje, y el viento soplaba y rugía alrededor de la casa tan terriblemente que al principio pensó que era simplemente la tormenta. Pero llegó un segundo golpe, y luego un tercero, más fuerte que los anteriores.

«"Es algún pobre viajero", se dijo el pequeño Hans, y corrió hacia la puerta.

«Allí estaba el Molinero con una linterna en una mano y un gran palo en la otra.

«"Querido Hans", gritó el Molinero, "estoy en un gran problema. Mi hijo se ha caído de una escalera y se ha hecho daño, y voy a buscar al médico. Pero éste vive tan lejos, y es una noche tan mala, que se me acaba de ocurrir que sería mucho mejor que fueras tú en mi lugar. Ya sabes que te voy a dar mi carretilla, así que es justo que tú hagas algo por mí a cambio".

«"Ciertamente", exclamó el pequeño Hans, "me parece un cumplido que hayas venido a verme, y me pondré en marcha enseguida. Pero debes prestarme tu linterna, pues la noche es tan oscura que temo caer en una zanja".

«"Lo siento mucho", respondió el Molinero, "pero es mi linterna nueva, y sería una gran pérdida para mí si le pasara algo".

«"Bueno, no importa, me las arreglaré sin ella", gritó el pequeño Hans, y se enfundó su gran abrigo de pieles y su cálido gorro escarlata, se ató una bufanda al cuello y se puso en marcha.

«¡Qué tormenta tan espantosa! La noche era tan negra que el pequeño Hans apenas podía ver, y el viento era tan fuerte que apenas podía mantenerse en pie. Sin embargo, fue muy valiente y, después de caminar unas tres horas, llegó a la casa del Doctor y llamó a la puerta.

«"¿Quién está ahí?", gritó el Doctor, sacando la cabeza por la ventana de su habitación.

«"El pequeño Hans, Doctor".

«"¿Qué quieres, pequeño Hans?".

«"El hijo del Molinero se ha caído de una escalera y se ha hecho daño, y el Molinero quiere que venga usted de inmediato".

«El Doctor pidió su caballo, sus grandes botas y su linterna, bajó las escaleras y se dirigió a la casa del Molinero, con el pequeño Hans caminando detrás de él.

«Pero la tormenta empeoraba cada vez más y la lluvia caía a raudales, y el pequeño Hans no podía ver por dónde iba ni seguir el ritmo del caballo. Al final se perdió y se extravió en el páramo, que era un lugar muy peligroso, ya que estaba lleno de agujeros profundos, y allí se ahogó el pobre Hans. Al día siguiente, unos cabreros encontraron su cuerpo flotando en un gran charco de agua y lo llevaron a la casa.

«Todo el mundo acudió al funeral del pequeño Hans, ya que era muy popular, y el Molinero encabezaba el duelo.

«"Como yo era su mejor amigo", dijo el Molinero, "es justo que ocupe el mejor lugar"; por eso iba a la cabeza del cortejo con una larga capa negra, y de vez en cuando se enjugaba los ojos con un gran pañuelo de bolsillo.

«"El pequeño Hans es ciertamente una gran pérdida para todos", dijo el Herrero, cuando terminó el funeral y todos estaban cómodamente sentados en la posada, bebiendo vino especiado y comiendo pasteles dulces.

«"Una gran pérdida para mí", respondió el Molinero; "porque yo le había regalado mi carretilla y ahora no sé qué hacer con ella. Me estorba mucho en casa, y está en tan mal estado que no podría conseguir nada por ella si la vendiera. Desde luego, tendré cuidado de no volver a regalar nada. Uno siempre sufre por ser generoso"».

«¿Y bien?», dijo la Rata de Agua, tras una larga pausa.

«Bueno, ese es el fin», dijo el Pardillo.

«Pero, ¿qué fue del Molinero?», preguntó la Rata de Agua.

«No lo sé», respondió el Pardillo, «y estoy seguro de que no me importa».

«Es evidente entonces que no tienes ninguna simpatía en tu naturaleza», dijo la Rata de Agua.

«Me temo que no ves la moraleja de la historia», comentó el Pardillo.

«¿La qué?», gritó la Rata de Agua.

«La moraleja».

«¿Quieres decir que la historia tiene una moraleja?».

«Desde luego», dijo el Pardillo.

«Bueno, realmente», dijo la Rata de Agua, de manera muy enojada, «creo que deberías haberme dicho eso antes de comenzar. Si lo hubieras hecho, ciertamente no te habría escuchado; de hecho, habría dicho "Pse", como el crítico. Sin embargo, ahora puedo decirlo»; así que gritó «Pse» a todo pulmón, dio un golpe con la cola y volvió a su agujero.

«¿Y qué te parece la Rata de Agua?», preguntó la Pata, que se acercó chapoteando unos minutos después. «Tiene muchos puntos buenos, pero por mi parte tengo sentimientos de madre, y nunca puedo mirar a un soltero empedernido sin que se me salgan las lágrimas».

«Me temo que le he molestado», respondió el Pardillo. «El hecho es que le conté una historia con moraleja».

«¡Ah! eso es siempre algo muy peligroso», dijo la Pata.

Y estoy muy de acuerdo con ella.

EL COHETE EXTRAORDINARIO

El hijo del Rey se iba a casar, por lo que la alegría era general. Había esperado un año entero a su novia, y por fin había llegado. Era una Princesa Rusa, y había venido desde Finlandia en un trineo tirado por seis renos. El trineo tenía la forma de un gran cisne dorado, y entre las alas del cisne yacía la pequeña Princesa. Su larga capa de armiño le llegaba hasta los pies, en la cabeza llevaba un pequeño gorro de tejido plateado, y su piel era tan pálida como el Palacio de la Nieve en el que siempre había vivido. Tan pálida era que, mientras recorría las calles, toda la gente se maravillaba. «¡Es como una rosa blanca!», gritaban, y le arrojaban flores desde los balcones.

En la puerta del Castillo el Príncipe la esperaba para recibirla. Él tenía ojos violetas de ensueño, y su cabello era como el oro fino. Cuando la vio, se arrodilló y le besó la mano.

«Tu cuadro era hermoso», murmuró, «pero tú eres más hermosa que tu cuadro»; y la Princesita se sonrojó.

«Antes era como una rosa blanca», dijo un joven Paje a su vecino, «pero ahora es como una rosa roja»; y toda la Corte quedó encantada.

Durante los tres días siguientes, todo el mundo iba diciendo: «Rosa blanca, Rosa roja, Rosa roja, Rosa blanca»; y el Rey dio órdenes de que se duplicara el sueldo del Paje. Como no recibía salario alguno, esto no le sirvió de mucho, pero era considerado un gran honor, y fue debidamente publicado en la Gaceta de la Corte.

Al cabo de los tres días se celebró el matrimonio. Fue una ceremonia magnífica, y los novios caminaron de la mano bajo un dosel de terciopelo púrpura bordado con pequeñas perlas. Luego hubo un Banquete Oficial, que duró cinco horas. El Príncipe y la Princesa se sentaron en lo alto del Gran Salón y bebieron de una copa de cristal transparente. Sólo los verdaderos amantes podían beber de esta copa, pues si los labios falsos la tocaban, se volvía gris, opaca y turbia.

«Está claro que se aman», dijo el Pajecito, «¡tan claro como el cristal!», y el Rey duplicó su salario por segunda vez. «¡Qué honor!», gritaron todos los cortesanos.

Después del banquete se iba a celebrar un Baile. Los novios iban a bailar juntos la Danza de la Rosa, y el Rey había prometido tocar la flauta. Tocaba muy mal, pero nadie se había atrevido a decírselo, porque era el Rey. De hecho, sólo conocía dos aires, y nunca estaba seguro de cuál estaba tocando; pero no importaba, porque, hiciera lo que hiciera, todo el mundo gritaba: «¡Encantador! ¡Encantador!».

El último acto del programa era un gran espectáculo de fuegos artificiales que se lanzaría exactamente a medianoche. La Princesita no había visto fuegos artificiales en toda su vida, por lo que el Rey había dado órdenes de que el día de su boda estuviera presente el Pirotécnico Real.

«¿Cómo son los fuegos artificiales?», le había preguntado al Príncipe, una mañana, mientras paseaba por la terraza.

«Son como la Aurora Boreal», dijo el Rey, que siempre respondía a las preguntas dirigidas a otras personas, «pero mucho más naturales. Yo mismo las prefiero a las estrellas, ya que siempre se sabe cuándo van a aparecer, y son tan deliciosas como mi propio toque de flauta. Sin duda debes verlos».

Así que al final del jardín del Rey se había montado un gran puesto, y en cuanto el Pirotécnico Real hubo colocado todo en su sitio, los fuegos artificiales comenzaron a hablar entre sí.

«El mundo es ciertamente muy hermoso», gritó un pequeño Buscapiés. «Mira esos tulipanes amarillos. Si fueran petardos de verdad, no podrían ser más bonitos. Me alegro mucho de haber viajado. Viajar mejora la mente maravillosamente, y acaba con todos los prejuicios».

«El jardín del Rey no es el mundo, buscapiés tonto», dijo una gran Candela Romana; «el mundo es un lugar enorme, y te llevaría tres días verlo a fondo».

«Cualquier lugar que ames es el mundo para ti», exclamó una pensativa Rueda de Catalina, que en sus primeros años de vida había estado unida a una vieja caja de reparto, y se enorgullecía de su corazón roto; «pero el amor ya no está de moda, los poetas lo han matado. Escribieron tanto sobre él que nadie les creyó, y no me sorprende. El verdadero amor sufre y calla. Me recuerda a mí misma una vez, pero ya no importa. El romance es una cosa del pasado».

«¡Tonterías!», dijo la Candela Romana, «El romance nunca muere. Es como la luna, y vive para siempre. Los novios, por ejemplo, se quieren mucho. Me he enterado de todo esta mañana por un cartucho de papel de estraza, que casualmente se alojaba en el mismo cajón que yo, y conocía las últimas noticias de la Corte».

Pero la Rueda de Catalina negó con la cabeza. «El romance está muerto, el romance está muerto, el romance está muerto», murmuró. Era una de esas personas que piensan que, si se repite lo mismo una y otra vez, al final se convierte en verdad.

De repente, se oyó una tos aguda y seca, y todos miraron a su alrededor.

Procedía de un Cohete alto y de aspecto soberbio, que estaba atado al extremo de un palo largo. Siempre tosía antes de hacer cualquier observación, para llamar la atención.

«¡Ejem! ¡Ejem!», dijo, y todo el mundo escuchó excepto la pobre Rueda de Catalina, que seguía sacudiendo la cabeza y murmurando: «El romance está muerto».

«¡Orden! ¡Orden!», gritó un Petardo. Era algo así como un político, y siempre había tenido una participación destacada en las elecciones locales, por lo que conocía las expresiones parlamentarias adecuadas.

«Bastante muerto», susurró la Rueda de Catalina, y se fue a dormir.

En cuanto hubo un silencio perfecto, el Cohete tosió por tercera vez y comenzó. Hablaba con una voz muy lenta y clara, como si estuviera dictando sus memorias, y siempre miraba por encima del hombro de su interlocutor. De hecho, tenía unos modales muy distinguidos.

«Qué suerte tiene el hijo del Rey», comentó, «que se va a casar el mismo día en que me van a disparar. Realmente, si se hubiera arreglado de antemano, no podría haber resultado mejor para él; pero, los Príncipes siempre tienen suerte.»

«¡Caramba!», dijo el pequeño Buscapiés, «yo creía que era al revés, y que nos iban a disparar en honor al Príncipe».

«Puede que sea así contigo», respondió; «de hecho, no me cabe duda de que lo es, pero conmigo es diferente. Soy un Cohete muy notable, y vengo de padres notables. Mi madre era la más célebre Rueda de Catalina de su época, y era famosa por su elegante danza. Cuando hizo su gran aparición pública, dio diecinueve vueltas antes de expirar, y cada vez que lo hacía lanzaba al aire siete estrellas rosas. Tenía tres pies y medio de diámetro y estaba hecha de la mejor pólvora. Mi padre era un Cohete como yo, y de origen francés. Volaba tan alto que la gente temía que no volviera a bajar. Sin embargo, lo hizo, ya que tenía un carácter bondadoso, y realizó un brillante descenso bajo una lluvia dorada. Los periódicos escribieron sobre su actuación en términos muy halagadores. De hecho, la Gaceta de la Corte lo calificó como "un triunfo del arte pilotécnico"».

«Pirotécnico, Pirotécnico, querrás decir», dijo una Luz de Bengala; «sé que es Pirotécnico, porque lo vi escrito en mi propia lata».

«Pues yo he dicho Pilotécnico», contestó el Cohete, con un tono de voz severo, y la Luz de Bengala se sintió tan aplastada que empezó en seguida a intimidar a los pequeños buscapiés, para demostrar que seguía siendo una persona de cierta importancia.

«Estaba diciendo», continuó el Cohete, «estaba diciendo... ¿Qué estaba diciendo?».

«Estabas hablando de ti mismo», respondió la Candela Romana.

«Por supuesto; sabía que estaba discutiendo algún tema interesante cuando me interrumpieron tan groseramente. Odio las groserías y los malos modales de todo tipo, porque soy extremadamente sensible. Nadie en todo el mundo es tan sensible como yo, estoy seguro de ello».

«¿Qué es una persona sensible?», dijo el Petardo a la Candela Romana.

«Una persona que, porque tiene callos, siempre pisa los dedos de los demás», respondió la Candela Romana en un susurro bajo; y el Petardo casi estalló de risa.

«Por favor, ¿de qué te ríes?», preguntó el Cohete; «yo no me estoy riendo».

«Me río porque soy feliz», respondió el Petardo.

«Esa es una razón muy egoísta», dijo el Cohete con enfado. «¿Qué derecho tienes a ser feliz? Deberías pensar en los demás. De hecho, deberías pensar en mí. Siempre estoy pensando en mí, y espero que los demás hagan lo mismo. Eso es lo que se llama simpatía. Es una hermosa virtud, y yo la poseo en alto grado. Supongamos, por ejemplo, que me ocurriera algo esta noche, ¡qué desgracia sería para todos! El Príncipe y la Princesa no volverían a ser felices, toda su vida matrimonial se echaría a perder; y en cuanto al Rey, sé que no lo superaría. Realmente, cuando empiezo a reflexionar sobre la importancia de mi posición, casi se me saltan las lágrimas».

«Si quieres dar placer a los demás», gritó la Candela Romana, «será mejor que te mantengas seco».

«Ciertamente», exclamó la Luz de Bengala, que ahora estaba de mejor humor; «eso es simplemente sentido común».

«¡Sentido común, en efecto!», dijo el Cohete indignado; « te olvidas de que soy muy poco común, y muy notable. Cualquiera puede tener sentido común, siempre que no tenga imaginación. Pero yo tengo imaginación, porque nunca pienso en las cosas como son en realidad; siempre pienso en ellas como si fueran muy diferentes. En cuanto a mantenerme seco, evidentemente no hay nadie aquí que pueda apreciar en absoluto una naturaleza emocional. Afortunadamente para mí, no me importa. Lo único que lo sostiene a uno en la vida es la conciencia de la inmensa inferioridad de todos los demás, y éste es un sentimiento que siempre he cultivado. Pero ninguno de ustedes tiene corazón. Aquí están riendo y alegrándose como si el Príncipe y la Princesa no se hubieran casado recientemente».

«Bueno, realmente», exclamó un pequeño Globo de Fuego, «¿por qué no? Es una ocasión muy alegre, y cuando me eleve en el aire pienso contárselo todo a las estrellas. Verás cómo titilan cuando les hable de la bonita novia».

«¡Ah! ¡Qué visión tan trivial de la vida!» dijo el Cohete; «pero es sólo lo que esperaba. No hay nada en ti; estás hueco y vacío. Quizá el Príncipe y la Princesa se vayan a vivir a un país donde haya un río profundo, y quizá tengan un solo hijo, un niño rubio de ojos violetas como el Príncipe; y quizá algún día salga a pasear con su nodriza; y quizá la nodriza se duerma bajo un gran saúco; y quizá el niño se caiga al río profundo y se ahogue. ¡Qué terrible desgracia! Pobre gente, perder a su único hijo. Es realmente terrible. Nunca lo superaré».

«Pero no han perdido a su único hijo», dijo la Candela Romana; «no les ha ocurrido ninguna desgracia».

«Nunca dije que fuera así», replicó el Cohete; «dije que podría ser así. Si hubieran perdido a su único hijo, no tendría sentido decir nada más sobre el asunto. Odio a la gente que llora sobre la leche derramada. Pero cuando pienso que podrían perder a su único hijo, ciertamente me afecta mucho».

«¡Claro que sí!», gritó la Luz de Bengala. «De hecho, eres la persona más afectada que he conocido».

«Eres la persona más grosera que he conocido», dijo el Cohete, «y no puedes entender mi amistad por el Príncipe».

«¿Por qué? Ni siquiera lo conoces», gruñó la Candela Romana.

«Nunca he dicho que lo conozca», respondió el Cohete. «Me atrevo a decir que si lo conociera no sería su amigo en absoluto. Es muy peligroso conocer a los amigos de uno».

«Será mejor que te mantengas seco», dijo el Globo de Fuego. «Eso es lo importante».

«Muy importante para ti, sin duda», respondió el Cohete, «pero lloraré si quiero»; y de hecho estalló en lágrimas reales, que fluyeron por su vara como gotas de lluvia, y casi ahogaron a dos pequeños escarabajos, que estaban pensando en instalarse juntos, y buscaban un lugar seco y agradable para vivir.

«Debe de tener una naturaleza verdaderamente romántica», dijo la Rueda de Catalina, «porque llora cuando no hay nada que llorar»; y soltó un profundo suspiro, y pensó en la caja de reparto.

Pero la Candela Romana y la Luz de Bengala estaban muy indignadas, y no dejaban de decir: «¡Tonterías! ¡Tonterías!». Eran muy prácticas, y siempre que se oponían a algo lo llamaban tonterías.

Entonces la luna se alzó como un maravilloso escudo de plata; y las estrellas comenzaron a brillar, y un sonido de música llegó desde el palacio.

El Príncipe y la Princesa encabezaban la danza. Bailaban tan bien que los altos lirios blancos se asomaban a la ventana y los observaban, y las grandes amapolas rojas asentían con la cabeza y marcaban el ritmo.

Entonces dieron las diez, luego las once, luego las doce, y a la última campanada de medianoche todos salieron a la terraza, y el Rey mandó llamar al Pirotécnico Real.

«Que comiencen los fuegos artificiales», dijo el Rey, y el Pirotécnico Real hizo una pequeña reverencia y bajó hasta el final del jardín. Le acompañaban seis asistentes, cada uno de los cuales llevaba una antorcha encendida en el extremo de una larga pértiga.

Fue, sin duda, un despliegue magnífico.

¡Whizz! Whizz! hizo la Rueda de Catalina, mientras daba vueltas y vueltas. ¡Bum! Bum! hizo la Candela Romana. Entonces los Buscapiés bailaron por todo el lugar, y las Luces de Bengala hicieron que todo pareciera escarlata. «Adiós», gritó el Globo de Fuego, mientras se alejaba dejando caer pequeñas chispas azules. ¡Bang! Bang! respondieron los Petardos, que se divertían enormemente. Todos tuvieron un gran éxito, excepto el Cohete Notable. Estaba tan empapado de llanto que no podía disparar en absoluto. Lo mejor que tenía era la pólvora, y ésta estaba tan mojada por las lágrimas que no servía de nada. Todos sus pobres parientes, a los que nunca hablaba, salvo con sorna, salieron disparados hacia el cielo como maravillosas flores doradas con capullos de fuego. ¡Hurra! ¡Hurra! gritó la Corte; y la Princesita rió con placer.

«Supongo que me están reservando para alguna gran ocasión», dijo el Cohete; «sin duda eso es lo que significa», y parecía más soberbio que nunca.

Al día siguiente los obreros vinieron a poner todo en orden. «Es evidente que se trata de una delegación», dijo el Cohete; «los recibiré con la debida dignidad», así que puso la nariz en alto y comenzó a fruncir el ceño con severidad, como si estuviera pensando en algún tema muy importante. Pero no le hicieron caso hasta que se marcharon. Entonces uno de ellos lo vio. «¡Hola!», gritó, «¡Qué mal cohete!», y lo arrojó por encima del muro a la zanja.

«¿Mal Cohete? ¿Mal Cohete?», dijo, mientras giraba en el aire; «¡imposible! Gran Cohete, eso es lo que dijo el hombre. Mal y Gran suenan muy parecido, de hecho a menudo son lo mismo»; y cayó en el barro.

«No es cómodo este lugar», comentó, «pero sin duda es un balneario de moda para descansar, y me han enviado lejos para recuperar mi salud. Mis nervios están ciertamente destrozados, y necesito descansar».

Entonces se acercó nadando una pequeña Rana, con brillantes ojos de joya y un pelaje verde moteado.

«Veo que ha llegado alguien nuevo», dijo la Rana. «Bueno, después de todo no hay nada como el barro. Dame un tiempo lluvioso y una zanja, y seré feliz. ¿Crees que será una tarde húmeda? Eso espero, pero el cielo está bastante azul y sin nubes. Qué pena!».

«¡Ejem! ¡Ejem!», dijo el Cohete, y comenzó a toser.

«¡Qué voz tan deliciosa tienes!», gritó la Rana. «Realmente es como un croar, y el croar es, por supuesto, el sonido más musical del mundo. Esta noche escucharás nuestro coro. Nos sentamos en el viejo estanque de los patos, cerca de la casa del granjero, y en cuanto sale la luna empezamos. Es tan fascinante que todo el mundo se queda despierto para escucharnos. De hecho, ayer mismo oí a la mujer del granjero decir a su madre que no podía pegar ojo en la noche por culpa nuestra. Es muy gratificante encontrarse con tanta popularidad».

«¡Ejem! ¡Ejem!», dijo el Cohete con enfado. Estaba muy molesto por no poder decir una palabra.

«Una voz encantadora, ciertamente», continuó la Rana; «espero que vengas al estanque de los patos. Voy a buscar a mis hijas. Tengo seis hermosas hijas, y tengo mucho miedo de que el Esturión las encuentre. Es totalmente un monstruo, y no dudaría en comérselas para el desayuno. Bueno, adiós: he disfrutado mucho de nuestra conversación, te lo aseguro».

«¡Conversación, en efecto!», dijo el Cohete. «Tú misma has hablado todo el tiempo. Eso no es una conversación».

«Alguien tiene que escuchar», respondió la Rana, «y a mí me gusta hablar. Así se ahorra tiempo y se evitan las discusiones».

«Pero a mí me gustan las discusiones», dijo el Cohete.

«Espero que no», dijo la Rana con complacencia. «Las discusiones son extremadamente vulgares, pues todo el mundo en la buena sociedad tiene exactamente las mismas opiniones. Adiós por segunda vez; veo a mis hijas a lo lejos», y la Ranita se alejó nadando.

«Eres una persona muy irritante», dijo el Cohete, «y muy mal educada. Odio a las personas que hablan de sí mismas, como tú, cuando uno quiere hablar de sí mismo, como yo. Es lo que yo llamo egoísmo, y el egoísmo es algo muy detestable, especialmente para alguien de mi temperamento, pues soy bien conocido por mi naturaleza simpática. De hecho, deberías tomar ejemplo de mí; no podrías tener un modelo mejor. Ahora que tienes la oportunidad, será mejor que la aproveches, porque voy a volver a la Corte casi inmediatamente. Soy un gran favorito en la Corte; de hecho, el Príncipe y la Princesa se casaron ayer en mi honor. Por supuesto, tú no sabes nada de estos asuntos, pues eres una provinciana».

«No sirve de nada hablar con ella», dijo una Libélula, que estaba sentada en la cima de un gran junco marrón; «no sirve de nada, porque se ha ido».

«Bueno, ella se lo pierde, no yo», respondió el Cohete. «No voy a dejar de hablarle sólo porque no me preste atención. Me gusta oírme hablar a mí mismo. Es uno de mis mayores placeres. A menudo mantengo largas conversaciones yo solo, y soy tan inteligente que a veces no entiendo ni una sola palabra de lo que digo».

«Entonces deberías dar una conferencia sobre filosofía», dijo la Libélula; y desplegó un par de hermosas alas de gasa y se alejó en el cielo.

«¡Qué tontería por su parte no quedarse aquí!», dijo el Cohete. «Estoy seguro de que no ha tenido muchas oportunidades de mejorar su mente. Sin embargo, no me importa en absoluto. Un genio como el mío será apreciado algún día», y se hundió un poco más en el barro.

Al cabo de un rato, un gran Pato Blanco nadó hasta él. Tenía las patas amarillas y los pies palmeados, y se le consideraba una gran belleza por su contoneo.

«Cuac, cuac, cuac», dijo. «¡Qué forma tan curiosa tienes! ¿Puedo preguntar si naciste así, o si es el resultado de un accidente?».

«Es evidente que siempre has vivido en el campo», respondió el Cohete, «de lo contrario sabrías quién soy. Sin embargo, disculpo tu ignorancia. Sería injusto esperar que otras personas fueran tan notables como uno mismo. Sin duda te sorprenderá saber que puedo volar hacia el cielo, y bajar en una lluvia dorada».

«No le doy mucha importancia», dijo el Pato, «pues no veo qué utilidad tiene para nadie. Ahora bien, si pudieras arar los campos como el buey, o tirar de un carro como el caballo, o cuidar de las ovejas como el perro collie, ya sería algo».

«Mi buena criatura», gritó el Cohete con un tono de voz muy altivo, «veo que perteneces a las órdenes inferiores. Una persona de mi posición nunca es útil. Tenemos ciertos logros, y eso es más que suficiente. Yo mismo no simpatizo con la industria de ningún tipo, y menos con industrias como las que tú pareces recomendar. De hecho, siempre he sido de la opinión de que el trabajo duro es simplemente el refugio de la gente que no tiene nada que hacer.»

«Bueno, bueno», dijo el Pato, que tenía un carácter muy pacífico y nunca se peleaba con nadie, «todo el mundo tiene gustos diferentes. Espero, en todo caso, que vayas a fijar tu residencia aquí».

«¡Oh! no, querido», gritó el Cohete. «Sólo soy un visitante, un visitante distinguido. El hecho es que encuentro este lugar bastante tedioso. Aquí no hay ni sociedad ni soledad. De hecho, es esencialmente suburbano. Probablemente volveré a la Corte, porque sé que estoy destinado a causar sensación en el mundo».

«Yo mismo pensé en entrar en la vida pública una vez», comentó el Pato; «hay tantas cosas que necesitan ser reformadas. De hecho, hace tiempo presidí una reunión y aprobamos resoluciones que condenaban todo lo que no nos gustaba. Sin embargo, no parecieron tener mucho efecto. Ahora me dedico a la domesticidad y a cuidar de mi familia».

«Estoy hecho para la vida pública», dijo el Cohete, «y también lo están todos mis parientes, incluso los más humildes. Siempre que aparecemos llamamos la atención. Yo mismo no he aparecido, pero cuando lo haga será un espectáculo magnífico. En cuanto a la domesticidad, uno envejece rápidamente y distrae la mente de las cosas más elevadas».

«¡Ah! las cosas más elevadas de la vida, qué bonitas son», dijo el Pato; «y eso me recuerda el hambre que tengo»: y se alejó nadando por el arroyo, diciendo: «Cuac, cuac, cuac».

«¡Vuelve! ¡Vuelve!», gritó el Cohete, «tengo mucho que decirte»; pero el Pato no le prestó atención. «Me alegro de que se haya ido», se dijo, «tiene una mente decididamente de clase media»; y se hundió un poco más en el barro, y se puso a pensar en la soledad del genio, cuando de repente dos muchachitos con blusas blancas bajaron corriendo por la orilla, con una tetera y algunos troncos.

«Esta debe ser la diputación», dijo el Cohete, y trató de parecer muy digno.

«¡Hola!», gritó uno de los muchachos, «¡mira este viejo palo! Me pregunto cómo ha llegado hasta aquí»; y sacó el cohete de la zanja.

«¡Viejo Palo!», dijo el Cohete, «¡imposible! Dorado Palo, eso es lo que ha dicho. Dorado Palo es un elogio. De hecho, me confunde con uno de los dignatarios de la Corte».

«¡Pongámoslo en el fuego!», dijo el otro muchacho, «ayudará a hervir la tetera».

Así que amontonaron los troncos, pusieron al Cohete encima y encendieron el fuego.

«Esto es magnífico», gritó el Cohete, «me van a soltar a plena luz del día, para que todo el mundo me vea».

«Ahora nos iremos a dormir», dijeron, «y cuando nos despertemos la tetera estará hirviendo»; y se tumbaron en la hierba, y cerraron los ojos.

El Cohete estaba muy húmedo, por lo que tardó en arder. Al final, sin embargo, el fuego lo alcanzó.

«¡Ahora sí me voy!», gritó, y se puso muy tieso y recto. «Sé que llegaré mucho más alto que las estrellas, mucho más alto que la luna, mucho más alto que el sol. De hecho, llegaré tan alto que…».

¡Fizz! ¡Fizz! ¡Fizz! y se elevó en el aire.

«¡Encantador!», exclamó, «seguiré así para siempre. Qué éxito tengo!».

Pero nadie le vio.

Entonces empezó a sentir un curioso cosquilleo por todo el cuerpo.

«Ahora voy a explotar», gritó. «Voy a incendiar el mundo entero, y haré tanto ruido que nadie hablará de otra cosa durante todo un año». Y ciertamente explotó. ¡Bang! ¡Bang!¡Bang! La pólvora explotó. No había duda de ello.

Pero nadie le oyó, ni siquiera los dos niños, pues estaban profundamente dormidos.

Entonces sólo le quedó el palo, que cayó sobre el lomo de un ganso que se paseaba por la orilla de la zanja.

«¡Cielos!», gritó el ganso. «Va a llover palos»; y se precipitó al agua.

«Sabía que iba a causar una gran sensación», jadeó el Cohete, y expiró.

Rosetta Edu

CLÁSICOS EN ESPAÑOL

Esperamos que hayas disfrutado esta lectura. ¿Quieres leer esta obra en ebook?

El Príncipe Feliz y otros cuentos está ofrecido gratuitamente en formato electrónico en nuestro *Club del libro* donde discutiremos obras clásicas de la literatura universal, daremos recomendaciones y te anunciaremos nuestras novedades.

Recibe tu copia totalmente gratuita al unirte a nuestro *Club del libro* en rosettaedu.com/pages/club-del-libro o escaneando este código QR con tu dispositivo

Rosetta Edu

CLÁSICOS EN ESPAÑOL

Una habitación propia se estableció desde su publicación como uno de los libros fundamentales del feminismo. Basado en dos conferencias pronunciadas por Virginia Woolf en colleges para mujeres y ampliado luego por la autora, el texto es un testamento visionario, donde tópicos característicos del feminismo por casi un siglo son expuestos con claridad tal vez por primera vez.

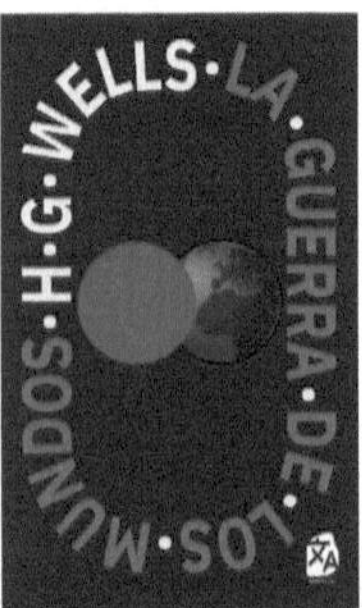

Basta pensar que *La guerra de los mundos* fue escrito entre 1895 y 1897 para darse cuenta del poder visionario del texto. Desde el momento de su publicación la novela se convirtió en una de las piezas fundamentales del canon de las obras de ciencia ficción y el referente obligado de guerra extraterrestre.

Otra vuelta de tuerca es una de las novelas de terror más difundidas en la literatura universal y cuenta una historia absorbente, siguiendo a una institutriz a cargo de dos niños en una gran mansión en la campiña inglesa que parece estar embrujada. Los detalles de la descripción y la narración en primera persona van conformando un mundo que puede inspirar genuino terror.

rosettaedu.com

Rosetta Edu

EDICIONES BILINGÜES

De Jacob Flanders no se sabe sino lo que se deja entrever en las impresiones que los otros personajes tienen de él y sin embargo él es el centro constante de la narración. La primera novela experimental de Virginia Woolf trabaja entonces sobre ese vacío del personaje central. Ahora presentado en una edición bilingüe facilitando la comprensión del original.

Durante décadas, y acercándose a su centenario, *El gran Gatsby* ha sido considerada una obra maestra de la literatura y candidata al título de «Gran novela americana» por su dominio al mostrar la pura identidad americana junto a un estilo distinto y maduro. La edición bilingüe permite apreciar los detalles del texto original y constituye un paso obligado para aprender el inglés en profundidad.

El Principito es uno de los libros infantiles más leídos de todos los tiempos. Es un verdadero monumento literario que con justicia se ha convertido en el libro escrito en francés más impreso y traducido de toda la historia. La edición bilingüe francés / español permite apreciar el original en todo su esplendor a la vez que abordar un texto fundamental de la lengua gala.

rosettaedu.com

www.ingramcontent.com/pod-product-compliance
Lightning Source LLC
Chambersburg PA
CBHW061501210726
48287CB00007B/2609